つ・な・が・り

くぼ こうじ

文芸社

1

振り返ってみると、一番初めの兆候は、一匹の小さな羽虫のようなモノからだったのです。

別に、特に変わった日だったわけではありません。私はいつものように寝惚け眼で、携帯電話の画面で時刻を確認すると布団から這い出て、洗面所に向かいました。隣で軽いいびきをかいて寝ている妻が目を覚まさないように静かに起き上がり、暗い廊下をそろりそろりと歩きました。

鏡を前にして顔を洗っていた時、額に黒いシミのようなモノが付いているのに気付きました。よく見ると自分の額ではなく、鏡の表面に付着した黒いモノです。

じっと観察していると、なんと少しずつ移動するではありませんか。指先で触ろうとすると、動きを速め逃れようとします。私は意地になって、指で押さえ込もうと試みました。するとその黒いモノは、鏡から白い壁に歩みを進めました。オレはあんたなんかに絶対捕まらないという意思みたいなものを感じました。私はこの野郎と躍起になってしまい、手のひらで行く手をはばもうとしましたが、するりと避けて音もなく飛び立ちました。必死になって逃すまいと目で追うと床に着地して、またじっと動かなくなったのです。

私はもともと虫一匹すら殺すのをためらうほうなので、できるなら殺してしまわず逃がしてやりたいと思いました。洗面台にあったティッシュボックスからティッシュを数枚取り出して、優しく掴もうとしました。しかし、相手は察知してふたたび舞い上がり、廊下の暗闇に姿を消したのでした。

「このぐらいのことなら別に驚くほどの珍事でもないよ。ゴキブリなんかもっとすばしっこい動きをするじゃないか」という声が聞こえてきそうです。でも、真冬にこんな機敏な虫なんかいるでしょうか。私が住んでいる首都圏にも、その朝は昨夜から雪が降り続いていて、マンションの窓から見える駐車場にも、薄っすらと積もっていました。しかも私の認知し得る虫、例えばゴキブリ、ハエ、蚊などではないのです。

改めて思い返すと、この小さな出来事が、これまで体験したこともない、おかしな世界へ通ずる入口でした。どこにでもいる平凡なサラリーマンが、それまで体験したことのない不思議ワールドへ入り込んでしまったのです。

2

話を始める前に、少し自己紹介をしておいたほうがいいかもしれません。

私は、多田雄介といいます。年齢は五十五歳で、人材派遣会社の人事部の次長という立場でした。人付き合いが下手で出世も遅いほうでしたが、家庭が平和であれば問題ないと思うタイプです。趣味はスポーツジム通いと早朝のジョギング。つまり健康には人一倍気を遣っていて、タバコはやらず、好きだったお酒も五十を過ぎてからは付き合い程度にとどめていました。出世競争より丈夫で長生きのほうが、よっぽど大事と考えていたのです。

妻の加代子は保険代理店で営業の仕事をやっていて、かなりのやり手のようです。営業所の副支店長という肩書きが付いています。結婚した当時は保険外交員の見習いでした。私たちは、駅近くのビル内にある結婚相談所で紹介され、何度かのデートを重ねゴールインしました。加代子には曖昧にしてありますが、正直言えば、彼女が十一回目の相手でした。

家には梨絵という娘がひとりいて、中学校で英語の先生をしています。つまりは、家族三人の平凡なサラリーマン家庭と言っていいでしょう。

しかし、定年の六十まであと五年となった私の心には、ポッカリと大きな空洞みたいなものがあるのは事実です。大学を卒業して今の会社に入社して三十年あまり、長い平均台の上をなんとかバランスを保って歩いてきたけれど、手には何も残っていない。そんな感じでしょう。

（このまま会社人間で終わっていいのか。何か他にやるべきことがあるのではないか）

そんな思いが、たまに胸をよぎるのです。

心の中のもやもやは、普段は浮かんではきません。会社帰りの電車の中で、吊り輪に掴まっている自分の頼りない姿が窓ガラスに映るのを目にした時などに、ふっと顔を出すのです。この気持ちは自分の内だけにとどめ、もちろん家族にも内緒にしていました。

3

その日は朝のあのささいな出来事以外、何事もなく過ぎていきました。

次におかしな場面に遭遇したのは、数日後の会社での会議の最中でした。同じ人事部の課長である三島が、五名の部員を前にして四月入社の新人の教育カリキュラムについてホワイトボードを使って説明していました。

私は少し前から、ホワイトボードの下方にある黒い点が気になっていました。その点が動いているように見えたのです。目を凝らしてじっと観察していますと、確かに徐々に移動しているではありませんか。しかし、他の連中はまったく気付いていないみたいです。

私はたまらず前に進み出て、ズボンのポケットから取り出したハンカチで、その黒いモノを取り去ろうとしました。するとその黒いモノは、音もなく舞い上がり、あろうことか三島の額に止まったのです。

私の直属の部下でもある三島は、小太りの愛嬌のある男で、どことなくカピバラに似ています。

「次長、一体どうしたんです？　なんか変なこと言いました？」

じっと顔を見つめている私に向かって問いかけました。

「いや、何って……そこに変なムシが付いているだろう」

私は彼の額を指さして近づくと、ハンカチで追い払おうとしました。

「何ですか、やめてください」

三島は体をそらして、自分の手で額をこすり、

「何も付いてませんよ！　なあ、みんな」

と前方に座っている部員に向かって叫びました。すると一番近くに座っていた、入

社して二年目の神野美伽が、

「多田次長、私にも何も見えません。課長がおっしゃるように、他の皆さんも同じだと思いますが……」

と心配そうに言ったのです。周囲の者も一様に頭を上下に振って同意を示しています。

その時は幸いにも、上役のいる重要な会議ではなく、言わば身内の会議だったので、すぐに謝り事態の収拾を図ったほうが得策だと判断しました。

「いやあ、冗談冗談。眠気覚ましにちょっとからかっただけ。みんなを驚かせてしまったみたいだね、ごめんごめん」

何事もなかったかのようにハンカチをポケットにしまい、自分のいた席に戻りました。そして、三島のほうに向かって両手を合わせて幾度も頭を下げました。すると彼もようやくほっとした表情になって、説明を再開しました。次長と課長という関係でしたが、日頃からコミュニケーションには気を遣っています。その効果で助かったのかもしれません。

当然のごとく、彼の額からは黒いモノは消え去っていました。

自分の目の異常が気になってきて、次の休みに眼科へ行こうと思いました。でも、決定的な出来事は、すぐその日の夕刻に起きたのです。

仕事が一段落した夕方の五時半頃だったでしょうか。私はパソコンの電源を切ろうとしました。するとどこからか黒いモノが舞い降りてきてキーボードの上に止まったのです。あろうことか、エンターキーの上でじっとしているではありませんか。

私はすぐに追い払うことはせず、一体どんなムシなのか観察しようと思いたち、引き出しから細かい文字を見る時に使う四角の拡大鏡を取り出し、黒いモノの上にかざしました。

すぐ目の前に迫ったその黒いモノは、明らかに普通のいわゆる〝ムシ〟ではありませんでした。羽はありましたが、手足のようなものも見えるのです。そして、もじゃもじゃ頭から二本の細長い触覚が伸びています。その下の明らかに人間みたいな顔が、ゆっくりこちらのほうに振り向いて、にかっと笑ったのです。少年というよりむしろ中年の男の顔付きでした。

(なになに、こここれって、もももしかして、妖精ってやつ……。オレの頭、本当にどうにかなってしまったのか)

私は、隣のデスクにいる神野美伽に、こわごわ、

「これって、何だと思う。変なモノがここにいるんだが」

エンターキーの上にいるナニかを指さしました。

彼女は私が指さす先をジッと見て、

「何って……私には何も見えませんが」

と心配そうな顔をこちらに向けて言ったのです。

私はその時、自分の頭がおかしくなっているのを自覚しました。急に身体中から冷や汗が出ました。これまで築き上げてきた堅牢な建物が足元から崩れていく感覚です。

しばらく何も考えられない空白の時が流れたようです。

「お先に失礼します」

神野美伽の声で我に返った私は、キーボードのほうに恐る恐る目を向けました。すると、その妖精のようなモノは、位置を変えてちゃんと存在しているではありませんか。しかもうずくまっているのではなく、こちらに向かって両手を振っているように見えます。

私はふたたび拡大鏡で、姿を確認しました。妖精のようなモノは、口をパクパク開けて何かを叫んでいるように見えます。しかし、音はまったく耳に届きません。私は思わず、「何も聞こえない」と言葉を発してしまいました。周囲を見回すと、まだ何人かデスクに残っていましたが、誰も私の声に気付いた様子はありません。壁に掛かった時計の針は、六時を過ぎていました。

キーボードのほうに目を向けると、妖精のようなモノは、ボタンの上をあちこち飛び回っているように見えました。しばらく様子を観察していると、どうも同じボタンの上を行き来しているようなのです。

「つ・い・て・き・て」

明らかにこの五文字のボタンの上を繰り返し移動しているのです。

私は、頭を上下に振り、右手でＯＫのサインをしてしまいました。

妖精のようなモノはこちらの意図を理解したのか動きを止めて、今度はゆっくり上昇し始めたのです。両手で「カモン（こっちに来いよ）」と動作をしているように見えました。

部屋の中をゆっくり飛び続けるその後を見失わないように追っていると、三島課長が「お帰りですか」と声を掛けてきました。彼もまた、私の少し上空に飛んでいる妖精のようなモノは、まったく目に入っていないのです。

「いやあ、ちょっと喉が渇いたから、自販機コーナーでコーヒーでもと思ってさ」

私は平静を装いつつ、見失わないように気を張っていたため、ぎこちない表情になっていたでしょう。三島は変に感じただろうと思いましたが、後を追うことを優先しました。

妖精のようなモノは部屋を出て廊下を進み、エレベーターの方向に向かいました。

私のいる会社は副都心の十五階建てビルの十階にありましたので、帰宅時間になるとエレベーターの前は混み合います。その時も数人が待っており、ちょうどドアが開くところでした。妖精のようなモノは、少し速度を上げて待っていた人々の頭上を飛び越え、エレベーターのカゴの中に入って行きました。

私もなんとかドアが閉まる前に滑り込みましたが、妖精のようなモノを見失ってしまったため、人混みの中に何事もなく存在しているのか、少なからず不安になりました。しかし、妖精のようなモノは、平然と明るい光の下で空中に浮かんでいたのです。それに体が大きくなっていました。にもかかわらず、誰もその存在に気付いてはいません。その状況は、階が下がるにしたがって満員になっても同じでした。

一階に到着して人が吐き出されても、妖精のようなモノは、私がカゴを出るまで待ってくれました。もちろん表情まではわかりませんが、なにか楽しんでいるように感じました。

ビルの自動ドアから外に出ると寒さが一気に襲ってきて、コートも羽織らずに追跡を続けている自分のありさまを、まるで映画の中の登場人物みたいだと感じました。

道は駅に向かう歩行者でごった返しています。妖精のようなモノは、なぜか明かりのような不思議な光を放っていたため、見失う心配はありませんでした。周囲の歩みを進める誰もが、私たちの存在などまったく関心がないみたいに、それぞれの目的地に向かって急いでいました。

妖精のようなモノは、急に通りから狭い路地に入り、ビルとビルの間の空間を飛び続け、やがて公園のような広場にたどり着きました。そして、速度を落としてゆっくりと街灯の光が届かない暗がりに向かいました。そこには、段ボールらしき箱がありました。

妖精のようなモノは、箱の前で静止しました。

「何か用かね」

突然背後から声を掛けられ、驚いて振り向くと、ひげ面で髪の毛がボサボサの男が、ペットボトルを片手に立っていたのです。私はどう答えたらいいのかわからず戸惑っていると、

「もしかして、あんたにもコイツが見えるのかね」

と妖精のようなモノのほうを指さして、だみ声で言ったのです。私はなぜかとても

うれしい気持ちになって、大きく頷きました。

「これは驚いた。コイツが見える人間に出会えるなんて」

「一体何なんです、コレは」

私はとっさに尋ねてしまいました。

「使者だよ。あの世からの使いだとオレはずっと思っている」

「つまり、妖精ってやつですか」

「呼び方は知らない。もしかすると、コイツが目の前にいても、見えない時があるのかもしれない。こっちが予想もしていない時に突然現れるのさ」

「とにかく心底ほっとしました。頭がおかしくなったわけではないんですよね」

「いや、正常でないから見えるのかもしれないよ。何はともあれ、コイツがあんたをここに連れて来たのは、オレの手伝いをやりなさいってことだ。なあ、そうだろ？」

男は、妖精のようなモノに向かって問いかけました。

すると、一段と大きくなっていた妖精のようなモノは、何度も首を縦に振り、ふたたびにかっと笑ったのです。

「手伝ってくれるにしても、その恰好じゃ寒いだろう、ちょっと待ってな」

男はそう言うと段ボール箱に入って行き、しばらくすると薄汚れたダウンジャケットを持って来て私に渡しました。

「それを着たら、オレの後についてきな」

男は私の返事も待たず歩き出したのです。

会社にコートやカバンを置いてきたままでしたが、ついていくしかないと思いました。

いつの間にか、妖精のようなモノはいなくなっていましたが、ただ見えないだけで、どこかで私たちを監視しているように感じました。

4

男は大通りではなく飲み屋が連なる裏路地を通り抜け、神社の境内の階段を降りた所に建つ、二階建ての古いアパートの前で止まりました。

そして男は私に向かって囁くようにこう言ったのです。

「これからアンタを年老いた女性に引き合わせる。彼女はまだ若い時、ダンナを交通事故で亡くしてしまった。そのダンナに会いたがっているんだよ。だから、アンタにそのダンナになってもらおうと思う。ただ黙ってじっとしているだけでいいんだ。あとはオレがうまく言いつくろうから何の問題もない」

私は、男が何を言っているのかまったく理解できませんでした。男は私の腕を強引に引っ張って行き、一〇五号室と書かれたドアの前に来ました。

見上げると何棟もの超高層ビルが、巨大な灯籠のように聳え立っています。なんだか、今いる空間が現実的でないもののように感じました。

男は小さな声で、

「婆さんは半分ボケが入っている。相手が誰だかよくわからないんだよ。これは人助けなんだ。引き合わせる前に、オレが彼女に説明するから、ちょっとここで待っててくれ」

そして、ドアの横にある呼び出しボタンを押しました。部屋の中で物音が聞こえま

料金受取人払郵便

新宿局承認

2524

差出有効期間
2025年3月
31日まで
（切手不要）

郵便はがき

160-8791

141

東京都新宿区新宿1－10－1

(株)文芸社

愛読者カード係 行

ふりがな お名前			明治　大正 昭和　平成　　年生　歳
ふりがな ご住所	□□□-□□□□		性別 男・女
お電話 番　号	（書籍ご注文の際に必要です）	ご職業	
E-mail			
ご購読雑誌（複数可）		ご購読新聞 新聞	

最近読んでおもしろかった本や今後、とりあげてほしいテーマをお教えください。

ご自分の研究成果や経験、お考え等を出版してみたいというお気持ちはありますか。

ある　　ない　　内容・テーマ（　　　　　　　　　　　　）

現在完成した作品をお持ちですか。

ある　　ない　　ジャンル・原稿量（　　　　　　　　　　　　）

書　名			
お買上 書　店	都道 府県　　　　市区 郡	書店名	書店
		ご購入日	年　　月　　日

本書をどこでお知りになりましたか?

1.書店店頭　2.知人にすすめられて　3.インターネット(サイト名　　　　)

4.DMハガキ　5.広告、記事を見て(新聞、雑誌名　　　　)

上の質問に関連して、ご購入の決め手となったのは?

1.タイトル　2.著者　3.内容　4.カバーデザイン　5.帯

その他ご自由にお書きください。

(　　　　)

本書についてのご意見、ご感想をお聞かせください。

①内容について

②カバー、タイトル、帯について

弊社Webサイトからもご意見、ご感想をお寄せいただけます。

ご協力ありがとうございました。

※お寄せいただいたご意見、ご感想は新聞広告等で匿名にて使わせていただくことがあります。

※お客様の個人情報は、小社からの連絡のみに使用します。社外に提供することは一切ありません。

■書籍のご注文は、お近くの書店または、ブックサービス(0120-29-9625)、セブンネットショッピング(http://7net.omni7.jp/)にお申し込み下さい。

したが、なかなかドアが開きません。

「婆さんは足が悪いんだよ。杖を使っているんだ」

男が小声で言ってから、しばらくするとようやくドアが開きました。

「あら、サカキバラさん。最近顔を見せないから、心配していたのよ。さあさあ、中に入って」

とてもボケが入ってるようには思えない、しっかりした言葉づかいでした。サカキバラと呼ばれた男は、私に向かって片目をつぶると、ドアを閉めて部屋の中へ入って行きました。

この時点で、私は逃げ去ることもできました。でも、次の展開がどうなるのか興味があったのも事実です。消えてしまった妖精のようなモノは、何かを私に伝えたかったはずなのです。それが何なのか知りたいとも思いました。

五分ほどするとドアが開き、サカキバラが出て来ました。

「話はついたよ。彼女の名前は岸本サチコさんて言うんだ。すぐそこの飲み屋街で長いことスナックのママをやっていたらしい。八十を過ぎているけど、見た目はまだまだ若い。だが、足が悪くて杖をついてやっと歩けるくらいだ。一人暮らしで、身寄りもほとんどないと聞いている。だから、いつの頃からか、オレが買い物を手伝ったり、話し相手になったりしてるんだよ。オレのようなゴミみたいな人間が言うのもなんだが、頭が半分ボケちまった彼女のボディーガード役やっている。悪い奴らに、詐欺なんかに引っ掛からないように、月に何回か来て、大丈夫かチェックしてるんだ」

サカキバラの顔は、窓明かりに照らされて、にこやかに笑っているように見えました。

「彼女は三十年前に交通事故で亡くしたダンナに会いたがっている。事故を招いたのは自分の責任だと思い込んでいて、会って謝りたいとしきりに言うんだよ。名前はヒロアキというらしい。何度も聞いたから覚えちまったよ。だから、オレがそのヒロアキさんとやらをあの世から連れて来てやる、と安請け合いしちまったんだ。自分でもバカなこと言ったと反省している」

サカキバラは困ったように眉毛を八の字にして言いました。その時私は、ずっと心の中で渦巻いていた疑問をぶつけることにしたのです。言葉づかいが少々上ずっていたかもしれません。

「ででても、サカキバラさん。ななぜ、私なんです?」

私の真剣な眼差しを見て、こう言ったのです。

「簡単な理由さ。仏壇のダンナの写真にアンタがそっくりだからだよ。さっきアンタの顔を初めて見た時、ピーンときたんだ。それに、オレに引き合わせたのは、あ、あの世からの使いなんだ。アイツが人選で間違えるはずはない」

すぐに私は、あの世からの使いとは、妖精のようなモノを指しているとわかりました。

でも、いくらボケが進んでいたとしても、話しているうちに気付かれてしまうのではないでしょうか。もちろん私には、ダンナさんに成り済ます自信など、これっぽっちもありませんでした。その気持ちを察したかのように、

「バレたらバレたで、その時は、そっくりさんだと正直に謝るしかないだろうな」

サカキバラはボサボサの髪の毛をかきむしりながら言いました。

「こんなところで突っ立っててもしょうがない。さっ、中に入るぞ」

ドアを開けて、狭い玄関に入って行きました。私は恐る恐る彼の後に続いたのです。

玄関の隅には女性ものの履物がきちっと並べてあり、台所にあるテーブル、椅子、食器棚、冷蔵庫などが整然と自分の位置にいるといった感じがしました。

サカキバラは靴をぬぐと、まるで自分の家みたいにどかどかと歩いて奥の部屋に入って行きました。

岸本サチコさんは、テーブルが前にあるソファーに座っていました。私が部屋に入るとジッとこちらの顔を見つめました。白髪で小柄でしたが、背筋がピンと伸びてとても八十を超えているようには見えません。

サカキバラは私の肩を叩きながら、

「あなたのダンナさんを連れて来てやったよ」

と黄色い歯を見せて笑いながら言いました。

サチコさんはしばらく黙っていましたが、ボソッと、

「本当にヒロアキさんなの？」

二つのつぶらな瞳を大きく見開いて尋ねてきました。

「あの世からわざわざ来てくれたんだね」

何もこたえられず見つめ返していると、サチコさんは納得したように頷いて、

「あの時は……ごめんね。久しぶりの二人だけのドライブ旅行がうれしくて，浮かれ過ぎていたんだよ。わたしが路肩に車を止めてゆっくり景色が見たいなんて言い出したりしたから……まさか、写真を撮ってくれていたあなたを、ダンプカーが跳ねるなんて……。本当にごめんなさい」

しきりに頭を下げます。私はどうこたえたらいいのかわからず、無言のままでした。

「なにも謝ることはねえよ、コイツが死んだのはそうなる運命だったんだよ。なっ、そうだろ」

サカキバラは私のほうを向き小声で、「なんとかこたえたらどうなんだ」と囁きました。

サチコさんはそばにあった杖を握ると立ち上がり、私のほうにゆっくり歩いて来て、

「顔を触ってもいいかい？」

と訊いてきました。私はどう反応したらいいのかわからないまま、頷いて上体を低く下げました。

サチコさんは、震える手で顔や頭を撫ぜて、

「事故の時の傷は、すっかり治ったみたいだね。本当によかった、よかった」

泣き声になり、涙をポロポロこぼしたのです。そして、

「わたしを恨んでいるかい？」

間近で私の目を見つめて言いました。私は思わず、「恨むわけがない」とこたえてしまいました。すると、サチコさんは杖を放り投げて、私に抱きついてきたのです。

「許してくれるんだね。ありがとう、ありがとう」

細い腕から力が伝わってきました。

この瞬間、私の目の前に妖精のようなモノが現れた理由が、少しわかったような気がしました。

サチコさんは、私の体から手を離すと、

「今夜はゆっくりできるんだろ？　冷蔵庫にヘルパーさんが置いていってくれたお寿司があるから食べてちょうだい。よかったら缶ビールもおつまみもあるよ。サカキバラさんも一緒に、ねえ、いいだろ」

私の目を見つめて真剣な表情で言いました。

するとサカキバラは、ニタニタ笑みを浮かべました。

「寿司なんて久しぶりだねえ。では遠慮なくご相伴にあずかろうかな」

私を無理やり向かいにある椅子に座らせると、冷蔵庫をガサゴソ探して、寿司の詰まったパックと缶ビールや色々な惣菜類を取り出しました。そして、食器棚から三人分の小皿と箸と湯呑みを持って来て、それらをすべてテーブルの上に並べたのです。

ソファーに戻っていたサチコさんは、テーブルの上にあるポットから湯気の出るお茶を湯呑みに注いで私たちに渡してくれました。

私たち三人は、大都会の真ん中にある小さなアパートの一室で、なんとも不思議な時間を過ごしました。段ボール箱に住んでいるホームレスとボケ始めている老婆、それに幻覚が見え始めた会社員。

ボソボソと交わされた会話は、なんだか浮世離れしたもののよう感じました。サチコさんの声は大きくないがしゃべり方はしっかりしており、ボケが入っているようにはとても見えませんでした。

「こう見えても、若い時は役者になりたくて、いくつもの劇団に出入りしたんだよ」

きれいにまとめた白髪を手で撫でながら、恥ずかしそうに言いました。

「今でも、どこかのテレビドラマに出ても変じゃありませんよ。スナックでママをやっていた頃は、お客にさんざん言い寄られたんじゃないんですか」

サカキバラが、缶ビールを片手に口をモグモグしています。

「そりゃあ、あんな商売やっていると、酔っ払いに何度も口説かれたりもしたわ」

「でも、よりにもよって何でコイツと一緒になったんですか。どこにでもいる男にしか見えませんが」

サチコさんは私のほうに顔を向けると、まぶしそうに目を細めて、

「この人の一体どこがよかったのかねえ。ずっと昔のことだからとっくに忘れちまっ

たよ」

と笑みを浮かべてそう言いました。

「体を診てもらっている医者は、老人ホームみたいなところに入ったほうがいいとうるさいんだよ。でも、そんなところに入ったら、この人の帰る所がなくなってしまうだろう」

「それじゃあサチコさんは、三十年間ずっとコイツが帰って来るのを待っていたんですか」

「そうだよ。あの世といっても外国と同じなのさ。うまい手を使えば帰ってこれるんだよ。現に、この人もちゃんとこうやって戻ってこれたじゃないか」

私はその時感じたのです。

(サチコさんの言ってることはある意味正しいんじゃないか。もしかしてあの世があるのなら、現世との交流は可能なのではないか。たとえ、幽霊であれまぼろしであれ、本人が存在を感じたなら、それはそれで現実なのではないか。また、人間は信じることによって、悲しみから逃れられるかもしれない)

サチコさんの額と鼻の頭が汗で光っているのがわかりました。かなり無理をして私たちに付き合ってくれているのだろうと思いました。私は横にいるサカキバラのほうに向いて言いました。

「サチコさんもお疲れのようだし、そろそろおいとましましょうか」

「おお、そうだな。サチコさん、コイツも今住んでいる世界に戻らないといけないみたい。また、連れて来ますよ」

サチコさんは笑顔で頷きました。

「きっとだよ、いつでも大歓迎するからね」

腕時計を見ると九時過ぎでした。私とサカキバラは後片付けをし、サチコさんに何度もお礼を言いアパートを後にしたのです。

5

見上げると、超高層ビル群の間に浮かぶ満月が異様に大きく見えます。

外の空気は身震いするほど冷たく、思わずダウンジャケットのジッパーを首元まで引き上げました。古めかしい厚手のセーターを着たサカキバラも腕をさすりながら、

「今夜は付き合ってくれてありがとうよ。もし嫌じゃなかったら、我が家で熱いコーヒーでも飲んでいくかい」

と機嫌よさそうに話しかけてきました。

私は、帰宅時間が遅くなっていることと会社にコートとカバンを置いたままなのが気がかりでした。そして、あの段ボールの家に大人二人が、コーヒーを飲めるスペースがあるとは、どうしても信じられませんでした。

しかし、このサカキバラという男に対して興味を持ったのも事実です。なぜなら、彼にも妖精のようなモノが見えたのです。その理由をとても知りたいと思いました。

「ちょっとだけならかまいませんよ。その前に、家と会社に連絡してもいいですか」

「もちろんさ。万が一にも、妖精に紹介されたホームレスとコーヒータイムなんてことは言うなよ」

「わかりました」

「コンビニで缶コーヒーを買って来るから、ここで待っていてくれ」

サカキバラは、ズボンとセーターに付いているポケットをあちこちまさぐり小銭を取り出すと、路地の奥にあるコンビニに向かって歩き始めました。

私はジャケットのポケットから携帯電話を取り出し、妻の加代子に急用が入ったため帰宅が遅くなるとメールしました。彼女は営業職なので、この辺の事情はよく理解してくれます。そして、会社の自分のデスクにある電話を呼び出すと、案の定、課長の三島の、少し怒った声が聞こえてきました。

「多田次長ですね。一体どうしたというんです！　パソコンは開いたままだし、コートもカバンも置きっぱなしで、こんなに遅くまでどこをほっつき歩いているんですか！」

「申し訳ない。ビルの一階にある自販機コーナーで偶然、昔の友人に会ってしまって、今はすぐ近くの喫茶店にいるんだよ。もう少しで戻るから、先に帰ってくれていいよ」

「……もう仕方ないですね、早く帰って来てくださいよ。それではお先に失礼させていただきます。ああ、それから、ここだけの話ですけど、『今日の次長、ちょっとヘン』って皆で噂していましたから、気を付けてください」

「わかった。何かと心配かけて申し訳ない。じゃあ、切るよ」

携帯電話をポケットにしまって、振り向くとサカキバラがにんまり笑って、

「缶コーヒーの中でも一番高いヤツを買ってきた。さあ、我が家はもうすぐそこだ」

ビルの谷間の迷路を歩き回り、暗がりにある段ボール箱の前に着きました。

「少しばかし窮屈なのは勘弁してくれ。でも、一人より二人のほうが早く暖まるから」

垂れさがった布をまくり上げて箱の中に入って行き、しばらくすると顔を出して、

「さあ、入ってくれ。汚いところだけど、真冬だから蚊やノミの心配はない。敷いてある毛布の上でくつろいでくれ」

箱の中は予想通り狭く、くつろぐどころか、大人二人が向かい合って座るのがやっとでした。低い紙の天井には、明かりのための懐中電灯がガムテープで貼ってあります。衣類らしき物以外はペットボトルが数本転がっているくらいで、殺伐とした空間でした。サカキバラは缶コーヒーのふたを開けて私に渡しました。

「ありがとうございます。それじゃあ遠慮なく」

温かいコーヒーは苦みがきいて、思いのほかおいしく感じました。

「これは、うまい」

「そうだろ」

二人はしばらく音を立てて缶コーヒーをすすりました。

「ここに来て長いんですか？」

私は、何を話したらいいのかわからず、無難な質問から切り出しました。相手をあまり詮索し過ぎるのは失礼だと思ったからです。

「いや、役所の奴らのうるさい監視があるから、数日ごとにねぐらは変えている。今は真冬だから、どこに行っても野宿するのはつらいね」

私は大きく頷いて、もっとも訊きたかったことを口にしました。

「サカキバラさんにも、アレが見えるんですか？」

「ああ、見えるよ」

「何ですか、アレは。たしか、あの世からの使いとか言いましたよね」

「ああ、言ったが、正直なところ、オレも正体はよくわからねえんだ」

「でも、あの世からの使いとは一体どういうことなんですか」

「あまり話したくないが、アンタだったら信じてくれるかもしれないなあ」

サカキバラは困ったような顔でボサボサの頭を掻きます。

「実は、この世におさらばしようとした時、アレが現れて止めてくれたんだ」

私は、なんとこたえたらいいかわからず黙ってしまいました。

「実は五年前、東北で起きた地震の津波が、女房と家をさらっていっちまったんだ。一年間待ったが女房は見付からなかった。オレは自分の気持ちに踏ん切りをつけるため、国の援助なんか無視して、この大都会に出てきた。しかし、何をやっても長続きしない。オレはつくづく実感したよ。女房がいないとダメな男なんだって」

「すみません。嫌なことを思い出させてしまって」

しばらく無言が続き、ふたたび語り始めました。

「地元の小さな小料理屋を二人でなんとか切り盛りしていた。今振り返っても、本当に楽しい毎日だった。それをあの津波が一瞬で奪っていった。女房は店で準備をしていて、オレは高台にあるスーパーで料理に使う材料を買っていた」

サカキバラは缶コーヒーを握りしめながら遠くのほうを見ているようでした。

「だから、あの世に行けば、また女房と楽しい生活ができると思ったんだ。バカな男だろう。いい年のおっさんが」

私のほうに顔を向けて苦笑いを浮かべました。

「夏の日の深夜、オレは河口近くにある大きな橋の欄干の上に立った。このまま下を流れる黒い川に飛び込めば、女房をさらっていった海に行けると信じていた。そして、一歩踏み出そうとした時、アレが目の前に現れたんだ」

「アレって、さっき、サカキバラさんに私を引き合わせたアレですか」

「そう。妖精みたいなアレだよ。初めは、橋の上のランプに集まる大きな蛾かと思った。しかし、よく見ると、人みたいな顔があるし、細長い手足も付いている。ソイツがしきりに両手を動かして『こっちについて来て』と言っているように見えたんだ」

私は驚きました、自分とまったく同じだったから。

「オレは自分の頭がおかしくなってしまったと思った。しかし、どうせこの世におさらばするんだから、試しについていってやろうと考えた」

サカキバラは缶コーヒーの残っている液体をググっと飲み干しました。

「目の前の空中をゆっくり飛んでいるソイツについていくと、橋のたもとを過ぎて、やがて道路に面した小さな公園に来た。すると、古い電話ボックスの前で止まって、オレの近くに寄ってきて、しきりに受話器を取ってコインを入れる真似をしたんだ。それを見た時、どこかに電話するのかと思った。オレは指示された通り電話ボックスに入り、受話器を取りズボンのポケットからコインを出して投入口に入れたんだ」

私はその話を聞いた時、震災に遭った町の丘にある『風の電話ボックス』が頭に浮かびました。しかし、口をはさむのを拒むほどの切迫感があったので、言うのをやめました。

「受話器を耳にあてたが、番号を押さないのだから誰も出るわけもなく、ただ、長い沈黙だけが続くと思った。しかし、誰かの声が聞こえた気がしたんだよ。間違いなく、女房の声だと思った。次第に声が大きくなってきて、それは確信に変わった。同じことを繰り返し、こちらに向かって話しかけているのがわかった。オレはたまらず女房の名前を叫んだ。すると、『ちゃんと聞こえているよ』と確かな反応があった。オレはたまらず、『会いたいよ』と何度も大声を出してしまった。目からは涙があふれて止まらない。彼女はハッキリこう言ったんだ。『大丈夫、ワタシはいつもアナタのそばにいる。だから、まだまだ死んじゃダメ。ワタシの分まで生きて』と」

サカキバラの目はうるんでいました。そしてうなだれて、泣き声をこらえているように見えました。私はどう声を掛けていいのかわからず黙ったままでした。

彼は、しばらくして顔を上げると、

「だから、オレは生き残ることに決めた。街の片隅で細々と、なるべく人様に迷惑をかけずに生きていくことにしたんだ。最低の生活だが、色々やりくりしてなんとかやっている。そうだ、女房の写真、見たいかい」

サカキバラの目はまだ涙で光っていました。

横に置いたコートのポケットから四角いケースを取り出すと、私の目の前に持ってきました。

「震災の三日前の写真だ。お客さんが撮ってくれた」

写真には、カウンターの中で男女が笑顔で仲良く肩を寄せ合って、それぞれピースサインをしている光景が写っていました。

「オレの横にいるのが女房。どうだい、美人だろ」

私は正直なところ、奥さんの美しさよりも、今のサカキバラと写真の男が同一人物とは思えず驚いていました。

「オレはこうして一人で生きていてもあまり孤独を感じなくなった。いつも女房がそばにいてくれる気がするんだ。それでもさみしい時は、この写真にいる女房に話しかけたりする」

サカキバラは、大事そうに写真のケースを元の場所に戻しました。

「だから、アンタをここに連れて来たアイツには心から感謝している。あの世からの使いだと信じているんだ」

私はその時感じたのです。

（人は悲しみを乗り越えるには、自分の心を変えるしかない。そして、何かを信じるしかないのでは……）

でも私自身、まだまだその境地には達していませんでした。

「アレは、サカキバラさんの言う通り、あの世からの使者なのかもしれません。でも、どうして私の前に現れたのでしょうか。サチコさんのご主人に似ているというだけなら、他にもいそうなのに」

「それは、オレにもわからない。きっとあの世に選者がいて、その選者が決めているんじゃないのか」

あまりにも浮世離れした話になってしまい、私はしばらく言葉が出ませんでした。

ふっと気になって腕時計を見ると十時を過ぎていました。

「そろそろ帰らないと。おいしいコーヒー、ありがとうございました」

「また会いに来てくれんだろ。サチコさんも、アンタを心待ちにしていることだしな」

「もちろん来ますが、連絡方法は何かありますか?」

「オレは携帯電話なんて持っていないから、アンタの名刺を一枚くれないか。用があればこっちから公衆電話で連絡するよ」

「わかりました。ちょっと待ってください」

私は、上着の内ポケットから名刺入れを取り出して、一枚抜き出しサカキバラに手渡しました。

彼の家から出ると、外は一段と冷えていました。先ほど目にした満月はビルに隠れて見えません。着ていたダウンジャケットをサカキバラに返し、足早に会社に戻りました。

6

その後、妖精のようなモノも現れず、いつもの生活が続きました。

サカキバラから会社に電話があったのは、彼と初めて出会った日から二週間あまり過ぎた頃でした。一回しか会っていないのに、心の中ではなぜか気心の知れた親しい友人のような存在になっていました。

受話器を取り自分の名前を名のると、サカキバラのだみ声が聞こえてきました。時候の挨拶とかはなく、ストレートに用件から入ってきました。

「サチコさんが、どうも入院しちまったようなんだ。昨日の夕方、アパートの呼び出しボタンを何度押しても反応がない。おかしいと思って大家さんに訊いたら、数日前に救急車で病院に運ばれたようなんだ。その日の朝、部屋に入ったヘルパーさんが異変に気付いて呼んだらしい。幸い命に別状はないみたいだが、一応、病院名だけは聞いておいたよ。お見舞いに行こうと思っているんだが、アンタも一緒に来るかい?」

サチコさんは、私を亡くなったご主人と信じているようなので、このまま何もしないというのはかわいそうな気がしました。それに、先日の夕食のお礼もしたほうがいいと思いました。

「もちろん、ご一緒させてください。どこの病院ですか?」

私は病院名を聞き、サカキバラと待ち合わせの場所と時間を決めました。土曜日のお昼過ぎに、病院の受付の横にある待合室で会うことにしました。

大きな公園の横にある病院の正面玄関に着いた時、サカキバラがガラスの扉の前でウロウロしている姿が目に入りました。髪の毛はボサボサのままだったが、髭はちゃんと剃ってあるみたいで、どこかちぐはぐな感じの背広姿がおかしくて、思わず笑ってしまいました。

　サカキバラは近づいてきた私に気が付いて、

「ホームレスの仲間に借りて着たんだが、似合わないだろ。風呂にも久しぶりに入ったよ」

「お見舞い用の花を持ってきました。岸本サチコさんが入院している部屋も、あらかじめ病院に訊いてあります。さあ、まいりましょうか」

　私たちは受付で病室の位置を確認して、広い病院の中を歩き回り、ようやく目的の部屋の前に辿り着きました。

　ノックをすると、「どうぞ」と言う女性のような声がしました。その時、サカキバラが私に向かって囁きます。

「もし看護師じゃなくて見舞い客だったらどうする？　ダンナのふりができないかもしれないぞ」

「ここまできたら、なるようになれです。あとは、天に任せるしかありません」

私も小さな声で返し、スライド式のドアを開けたのです。

前方を見ると、ベッドの横に赤いセーターを着た大柄なオンナが一人立っていました。化粧の濃さや肩幅の広さから一目で生物学的には女性ではないことがわかりました。

「サチコさんのお見舞いに来た者です。おじゃましてもよろしいでしょうか」

私は笑顔を浮かべながら訊きました。

「今、おかあさんは眠っています。もしよかったら、すぐそこの談話室でお話ししません」

オンナは私たちに近づいてきて、そう言いました。間近で見ると、若くはなく中年の域であることもわかりました。

「もちろんかまいませんが……」

私とサカキバラは顔を見合わせて頷き合いました。

広めの談話室には数組の見舞い客や患者さんがいました。赤いセーターを着た大柄のオンナと、どこかちぐはぐな感じがする背広姿のサカキバラが部屋に入ってくると、何か異様なものを感じたのか振り向く人もいました。

オンナはなぜか一番奥の、人があまりいない一角に私たちを誘導しました。そして腰を下ろすと姿勢をただして座り、こう切り出したのです。

「あなたたちがどこのどなたかは知りませんけど、ワタシのおかあさんをだますのはやめてください」

静かだが力のこもった口調でした。

私とサカキバラは、どうこたえたらいいのかわからず黙るしかありません。

「もうろくした年寄りを相手に、それもあろうことか、とうの昔に亡くなったダンナになりすまして近寄るなんて、一体何をたくらんでいるのかしら」

私はそれを耳にした瞬間、思わず言い返しました。

「たくらむなんてことは一切ありません。私たちはあくまでも、良かれと思ってやっただけです」

「良かれって、人をだましておいて何が良かれなの」

するとと、サカキバラも口を開き、ボソッとつぶやきます。

「サチコさんに頼まれたんだよ。あの世からダンナを連れて来てって」

「あんた、バカじゃないの。とっくに死んだ人間を、この世に連れて来れるわけないでしょう。いくらおかあさんにボケが入っているからといって、それに付け入るなんてひどいわ」

オンナの声が少し高くなったため、こちらのほうに振り向く人もいました。

「ワタシはおかあさんのお店を任されているジュンコよ。それと一応、身元保証人にもなっているから、おかあさんのことは、すべて面倒をみていくつもりよ。だから、アパートにはできるだけ顔を出して、変わったことがないか確認している。今度の入院もヘルパーさんがすぐに伝えてくれた。当日お医者さんから、軽い脳梗塞で生命の心配はないと聞いて、本当に安心したのよ」

ジュンコと名のるオンナは一瞬頬を緩めました。

「一週間ほど前にアパートに行ったら、おかあさんがいつになくニコニコしているから『何かいいことでもあったの？』と訊いたら、仏壇の上の写真を指さして『ヒロアキさんが帰ってきたんだよ』と言うじゃない。ワタシはきっと夢でも見たんだと思って、『よかったね。好きなダンナと久しぶりに会えて』と笑顔でこたえたわ。そしたら、そのヒロアキさんを連れて来たのがホームレスで、冷蔵庫の中のものを出して三人でご飯を食べたと言ったわ。これはちょっと変だと思って冷蔵庫の中を調べたら、ほとんど空っぽになっていた。冷蔵庫の中は来るたびにチェックしているからわかるわ。つまり、おかあさんが言っている通り、誰かが来たとわかったのよ。亡くなったダンナに似ていることを利用して、何か悪だくみをしている連中が、おかあさんを狙っていると思ったわけ。だからさっき、ダンナと似ているあんたの顔を見た時、ピンときたわ。こいつら二人が悪党だって」

ジュンコさんは少しふくらんだ胸を一層張って言いました。

「我々が悪党？　勘違いもひどすぎます。あくまでも善意でやっただけで、悪意なんてこれっぽっちもありません」

私は必死になって主張しました。同意を求めて隣を見ると、サカキバラはただ黙って頷くだけ。

「じゃあ聞くけど、あんたたちは一体、どこの誰なの？　誰に頼まれてこんなことするの？」

ジュンコさんは疑いの眼をこちらに向けながら冷たく言います。

私は土曜日のため普段着で、あいにく身分を証明できるような物は持っていませんでした。携帯電話で妻か娘、あるいは課長の三島に連絡して、私が何者か証明してもらうのは可能だったが、その人たちもグルだと疑われるかもしれません。そして言うまでもなく、サカキバラに身分を証明できるものがないのは明らかです。

私は自分たち二人のやった行為が、あくまでもサチコさんを喜ばせるためだけであって、悪意などまったくない事実をどう証明したらいいのか考えました。しかし、なかなかいい案が浮かんできません。

ジュンコさんは、腕を組んできびしい目つきでこちらをにらんで、返答を待っているようでした。

その時です！　どこからともなく、羽のある黒いムシのようなモノが飛んできて、私たち三人の目の前に止まったのです。

サカキバラがすかさず指をさして叫びました。

「これです！　コイツに頼まれて、サチコさんに会いに行ったんだ！」

声が大きかったため、同じ部屋にいる全員がこちらのほうに振り向きます。

「何言ってるの、ただの虫じゃない」

ジュンコさんは立ち上がって片手で追い払おうとしました。しかしそれはスルッとすり抜けて、天井近くまで上昇しました。

「なによ、虫のくせに人をバカにして！」

ジュンコさんは履いていた靴を脱ぐと椅子の上に上がり捕まえようとしたが、なかなか手が届きません。

するとそれはみるみるうちに大きくなって、私が知っている妖精のようなモノの姿になっていきました。顔の表情もしっかりわかります。

ジュンコさんは手を止めて、しばらくそれをじっと見つめていました。そして顔色がどんどん青ざめていくのがわかります。おそらく、現実と空想のはざまで思考が激しく揺れ動いているのでしょう。

妖精のようなモノは、ジュンコさんのほうを見て、私の時と同じように、にかっと笑ったのです。

「――――!」

ジュンコさんは訳のわからない叫び声を上げ、よろけて椅子から落ちそうになりました。

私とサカキバラはとっさに、落ちないように体を支えようとしたが、体重が予想通り重く支えきれず、三人は床に倒れこんでしまいました。私とサカキバラはすぐに起き上がったが、ジュンコさんは目をつむったまま動きません。驚いたことにカツラがとれてしまっていて、ジュンコさんは坊主頭であるのがわかりました。

周囲には徐々に人だかりができて、やがて、騒ぎを聞きつけた看護師が数名駆けつけ、ジュンコさんをストレッチャーにのせてどこかへ運んでいきました。

私たちは今起きた出来事がおおごとになるとまずいと思い、早々に病院を出ました。急いでいたので、持ってきた見舞い用の花束はゴミ箱に捨ててしまいました。

病院を出た私とサカキバラは、あてもなく歩き回り、気持ちを落ち着かせようとしました。そして、小さな公園を見つけてベンチに腰を下ろしました。腕時計を見ると、針は午後三時近くをさしています。

土曜の昼の公園は人影もなく静かでした。

私は先ほどから頭を離れない疑問を投げかけました。

「アレはなぜ、突然現れたのでしょう。あまりにも急な展開で驚きました」

サカキバラは頭をかきながら、

「オレにもさっぱりわからねえ。なぜ、あのオンナ？　いやオトコ？　どっちでもいいや。ジュンコさんとやらに、どうしてアレが見えたのか不思議だ」

「何かの意図があったのかもしれません」

「ひょっとすると、オレたちにジュンコさんを引き合わせる、何か理由があるのかもしれないなあ」

「ジュンコさんはアレを実際に見たことで、私たちの言い分を信じてくれますかね」

「少なくとも、この世におかしなモノが現れることもあるのは、理解しただろうよ」

「もう一度、ジュンコさんに会ってみましょうか？」

「そうだな、時間を置いて話せば、オレたちが言ってることを信じてくれるかもしれないな」

「でも、どこで？」

「オレはサチコさんの店を聞いて知っているから、お客が来る前に行けば迷惑にはならないだろう」

「では、いつにしますか？」

「アンタの休みの……次の土曜日なんかどうだ？」

「私はかまいませんよ」

こうして、翌週の土曜日の昼過ぎに、ふたたびジュンコさんに会うことになったのです。

7

その日は朝から冷え込みがきびしく、どんよりとした曇り空でした。目的の店の近くにあるコンビニが待ち合わせ場所でした。早く着きすぎたため店内でうろうろしていると、サカキバラが駐車スペースに入ってくるのがわかりました。ボサボサ髪の髭面で、ヨレヨレの厚手のセーターといった、いつもの姿に戻っていました。ガラス越しに私がいるのがわかると笑顔で片手を上げたので、私もつられて同じような動作で応えました。

繁華街のすぐ近くの飲み屋が軒を連ねる路地の片隅に、その店はありました。モルタル造りの古い建物の二階に看板が見えます。私たちは自然に顔を見合わせて頷くと、階段を上っていきました。

白い扉のドアのノブに、閉店と書いたプレートが掛かっています。私は思い切ってドアをノックして「ごめんください」と言いました。すると、「どうぞ、開いているわよ」という聞き覚えがある声がします。私はおそるおそるドアを開け中に入り、サカキバラも後に続きました。

ジュンコさんは、カウンターの前の席に座ったままこちらに振り向きました。黒のジャンパーに黒のズボンという出で立ちで、頭は金髪でした。カウンターには鏡が置いてあり、化粧中であることをうかがわせます。アイラインが前回に会った時より強めの感じです。

店の中は、座高が高い椅子が八つぐらいしかなく、棚には洋酒などのボトルがぎっしり並んでいます。

ジュンコさんはしばらく私たちをじっと見つめて、「やっぱり来たのね」とボソッとつぶやきました。

「いいえ、来てくれなきゃ、こっちが困るわ。何が起きたのか説明できるのはアンタたちしかいないんですものね」

私たちが、どう切り出せばいいのかわからずたたずんでいると、

「そんなところで突っ立っていないで、こっちに来て座りなさいよ。お茶ぐらい出し

てあげるから」

ジュンコさんは立ち上がって、奥にある調理場らしい狭い部屋に入って行きました。

私とサカキバラはためらいながらも、座高の高い椅子に腰を下ろしました。

しばらくすると、ジュンコさんは、カウンターの上に湯気の立つ湯呑みを二つ出してくれました。

私は用意していた運転免許証と名刺を差し出して、

「多田雄介といいます。会社に勤める一介のサラリーマンです。けっしてあやしい者ではありません」

と、自分を説明しました。

サカキバラのほうを見ると、黙ってもじもじしているだけなので、

「この方は私の友人のサカキバラさんです」

と紹介しました。

ジュンコさんは私の運転免許証を手に取ると、写真と実際の顔を何度か確認して、納得したかのように頷いて私のほうに戻してきました。

「あの時はもうパニックになって、意識がどんどん遠のいたのよ。そして気が付いたら、病院のベッドの上。そのまま寝てもいられないから、頭がぼんやりしたままだったけど、おかあさんの部屋に行ったらまだ眠っていたから、こっそり帰ってきちゃったわ」

私は熱いお茶に口をつけ、単刀直入に訊くことにした。

「ジュンコさんは、何を見たんですか？」

ジュンコさんは少し間をおいて、

「それを知りたくて、アンタたちを待っていたのよ。ちゃんと説明してちょうだい」

隣で黙ってお茶をすすっていたサカキバラが、顔を上げて静かに言います。

「オレはアレを、あの世からの使いだと信じています。でも、限られた者しかアレの存在を目にすることはできません」

「なによ、その、あの世からの使いって。たしかあの時、アンタは『コイツに頼まれた』とか言ったわよね」

「ええ、確かに言いました」

「だったら、ちゃんと、ワタシにも理解できるように話してみてよ」

「わかりました」

サカキバラは、私と初めて会った夜、箱の中で語ったように、とつとつとしゃべり始めました。話の中身はほとんど同じだったが、ジュンコさんは真剣な表情で聞き入っていました。

話が終わり、セーターの内ポケットから奥さんと自分が写った写真を取り出し、ジュンコさんに手渡しました。ジュンコさんはそれを食い入るように見つめ、声をひそめてしくしく泣き出したのです。

「アンタ、ホームレスにしては話が上手じゃないの」

サカキバラは、まっすぐジュンコさんに視線を送り、静かに強く言いました。

「作り話ではありません。残念ながら事実なんだ」

「バカね、信じたからほろっときたんじゃない。それにしても、この写真の男がアンタだなんて嘘みたい」

ジュンコさんはハンカチで涙をぬぐいながら苦笑していました。

「でもなぜ、あの変なモノが突然ワタシの前に現れたのかしら」

サカキバラは首をひねります。

「よくわからないけど、何かの意図はあったはず……」

「こんな中途半端な人間に一体、どんな用があるというの」

ジュンコさんはおどけた顔で言いました。

「そもそもジュンコさんは、どうしてこの店で働くことになったの？」

サカキバラはさりげなく訊きました。自分の身におきた体験を話して、少し打ち解けた様子です。

「いや、もし言いたくないなら、話さなくてもいいんだけど、もしかすると、その辺にヒントが隠れているのかもしれない……」

ジュンコさんは、ジャンパーのポケットからタバコとライターを取り出し、細長いタバコに火をつけると、うまそうに白い煙を吐き出した。

「あまり他人に自分の過去なんか話したくないけど、アンタがそう言うなら話してあげてもいいわ」

ジュンコさんは、タバコを持ったまま腕を組み、昔を思い出すようなしぐさで語り始めました。

「ワタシは、となりの県の海近くの町で生まれ育って、高校を卒業するまで両親と兄さんと平凡に暮らしていたわ。三人とも元気だから今でも時々電話でやりとりしているの。高校二年の時、思い切って、社会に出たら女性として生きていきたいと告白した時も、三人はさほど驚かなかったから、逆にこっちのほうが拍子抜けしたくらいよ。小さい時からうすうす感じ取っていたんだと思う。両親とも学校の教師で、特に父親は美術の先生をやっていたから、普通の家とくらべて、ちょっと変わっていたのかもしれない。あの時、父親はワタシに向かってこう言ったわ。『人はそれぞれ顔かたちが違っているように、お前の心も全宇宙でたった一つしかない。それを決まった型にはめ込むのは間違っていると思う。他人に迷惑をかけないかぎり、好きなように生きればいい。たとえ親でも、それを止めことはできない』と。今聞いても泣ける言葉をくれたのよ。ワタシは、一人でも生きていけるように服飾デザイナーを目指した。そのための専門学校を卒業して、デザイナーの個人事務所に就職したのよ。でもどうしてもしっくりこなくって、思い切って夜の世界でアルバイトをすることにした。そうよ、ご想像の通り、この近くの繁華街のゲイバーで働き始めたわ。そして、いつの間にかそれが本業になっていた。ワタシはこの世界に入って、生まれて初めて、あるがままの自分を表現できた。目立つようにお化粧をして、お客から注目されるように華やかな衣装を身につけた。歌もダンスもうまくなるため、人一倍練習した。でも、それでも満足できないから、胸を大きくする手術をし、パイプカットもしたわ。ワタシは完全な女になって、男から愛されたかった。瞬く間に十年という月日が流れていて、気が付いたら年も三十近くになっていた。そんな時よ、悪いヤツに引っ掛かったのは」

ジュンコさんはため息をついて、タバコを立て続けに吸います。昔の悪い記憶を思い出したからか、イラついた気持ちがこちらにも伝わってきます。

「ワタシより五つ年下のソイツはお店のスタッフの一人で、色々気を遣って優しくしてくれた。ある夜、お店が終わった後、ソイツに誘われて近くのスナックに飲みに行って、そこで『一緒に暮らさないか』と言われたの。『前からワタシのことを好きだった』とも。バカなワタシはその言葉に有頂天になってしまい、信用してしまった。その夜はソイツのアパートに泊まって、男と女の関係になって、そのまま同棲するようになった。しばらくするとソイツは、二人の門出を祝って新しいマンションに引っ越さないかと持ち掛けてきたわ。『そのためには三千万円の資金が必要だ』とも。数か月後、ソイツは申し訳なさそうにこう言ったわ。『あてにしていた実家や親戚はダメだった。新築の分譲マンションなんて、しょせん、今のオレたちには高嶺の花なのかもしれない』と。姉さん女房みたいな気持ちになっていたワタシは『大丈夫。ワタシがなんとかするから』と言ってしまった。でも、実際は手術の費用や衣装代で貯えはまったくなかったのよ。実家の両親や兄には、お金のことで迷惑をかけたくなかったし、かといって、あやしげな闇金融みたいなところも怖かった。そんな時、予想もしなかった救世主が現れたのよ。誰だと思う」

　ジュンコさんは、タバコの煙をくゆらせながら、私たち二人に視線を投げかけてきました。

「もしかして……岸本サチコさんですか」

私は頭に浮かんだことをそのまま口にしました。

「そう。この店のおかあさんに助けてもらったのよ。もう二十年も前の話になってしまったわ」

ジュンコさんは、タバコを灰皿でもみ消して、感慨深そうな表情になりました。

「あの頃ワタシは、勤務していた店での仕事が終わると、よくここに来ておかあさんとおしゃべりしていた。深夜の二時過ぎだから、他のお客さんはほとんど帰った後だった。ワタシはほろ酔い気分で、他のオネエに対する悪口や嫌なお客への愚痴を言いたい放題だった。そしてあの日、頭の中を占めていた三千万円の話をつい漏らしたら、あっけないくらい自然に『わたしが貸してあげてもいいわよ』と言われたの。そして、すぐその後『ただし条件があるわ。今の店をやめてここで働いてちょうだい。それから、いずれはわたしの後を継いでほしいの』と続けたの。そして『今年でもう還暦になってしまった。三十年間ずっと一人でやってきたけど、さすがに疲れたわ。だから、お店を手伝ってくれる後継者を前から探していたの。実は心の中で、あなたならできると勝手に決めていたのよ』とも言ってくれた。しばらく呆然としていたワタシは、心臓がドキドキ鳴っているのを感じていた。『おかあさんの言う通りします。こんなワタシでよければ、今後ともよろしくお願いします』とこたえたわ」

ジュンコさんの目はうるんでいました。おそらく、当時のことを思い出して心が熱くなっていたのでしょう。

「おかあさんはワタシの返事を聞くと、壁にあったカレンダーを見て『この日の午前中にここに来なさい。お金を用意しておくから』と。そして、指定された日に行くと黒いカバンがカウンターの上に置いてあった。おかあさんは真剣な表情で『長年取引している銀行だから何も言わず私名義の口座から出してくれたわ。大金だからちゃんと確認してちょうだい』と言った。ワタシはカウンターの前に座り、言われた通りにカバンから銀行印の封がしてある束を取り出して、新札の一万円札を一枚一枚数えて百枚あるのを確認した。それをゆっくり三十回繰り返したわ。そして、『間違いなく、一万円札が三千枚あります』とこたえたのよ。おかあさんは笑って『あなたを雇う契約金だと思っているから、それはもうあなたのものよ。だから借用書みたいなものもいらないから』と言ってくれた。ワタシは天にも昇る心地になって、同棲しているアパートに帰ってソイツにそのカバンを渡してしまったの。冷静になって考えれば、バカなことと気付きそうなものなのに、あの時は、相手の喜ぶ顔が見たかったのと、新居での二人の生活が頭の中を占めていて、客観的に見れなくなっていたのね。そして案の定、翌日の朝、ソイツとカバンは消えてしまっていたというわけ。書き置きすらなかったわ。お店にも来なくなったし、完全なトンズラね」

ジュンコさんはふたたびタバコを指にはさんで口元で火をつけました。

「つまらない話を長々としちゃってごめんなさいね」

私はつい、聞かなくてもいいことをわざわざ聞いてしまいました。

「その男は、初めからジュンコさんをだますために、近づいたのでしょうか?」

「誰も人の心の中まではのぞけないわ。でも、ワタシに夢を見させてくれたのは間違いないし、おかあさんの下に来れたのも、ソイツのおかげかもしれない。つまり、物は考えようよ。こんな水商売を長くやっていると自然に身に付いてくる防御反応みたいなものね。悲観的に生きるより、楽観的に生きたほうがいいに決まってる。ねえ、あんたもそう思わない」

ジュンコさんはサカキバラのほうを見て言いました。

「ジュンコさんの考え方に賛成です。オレもホームレスを長くやっていますが、自分を不幸だなんて一度も思ったことはありませんよ」

そう言うとニコッと笑い、黄色い歯を見せました。


「今、アンタたちにしゃべった話なんて、この世界では別段珍しくもなんともないわ。それなのになぜ、ワタシの前に、あの変なモノが現れたのかしら？」

ジュンコさんはカウンターの上にあるタバコの箱を片手で取って、私たちのほうに差し出し「吸ってみる？」と訊きました。私は手を振って断ったが、サカキバラは一本嬉しそうに受け取って口に含み、ライターで火をつけてもらいました。

「……もしかすると、この前常連のお客さんから依頼のあった件に関係あるのかもしれない」

ジュンコさんは何気なくふっと漏らしました。

「依頼？　一体どんなことですか？」

私が訊くと、

「これよ、これ。ちょっと見てて」

ジュンコさんはタバコを灰皿でもみ消して、ジャンパーの袖をまくり上げると、背筋をまっすぐに伸ばした。そして急に両手を大きく広げて、窓を拭いているような動作を始めたのです。手のひらは左から右へとすき間なく移動し、汚れを見つけて息を吹きかけ、フキンで拭き取る動き。まるでジュンコさんと私たちの間に透明のガラス板があるみたいに。その奇妙な動作はしばらく続きました。

「わかった？　パントマイムよ。以前ゲイバーで働いていた時、ショータイムでワタシがお客さんに披露した隠し芸よ」

私はあっけにとられて言葉に詰まりました。横にいるサカキバラも呆然とした様子です。

「当時、専門教室に何回も通って身につけたのよ。この店でも暇な時、気分が乗った時だけリクエストに応えてやってしまうわけ。それでお客さんから、『それをうちの娘の誕生日に見せて、彼女を楽しませてくれないか』とお願いされてしまったの。お店のごひいきさんだから断れなくて……」

ジュンコさんは困った表情になりました。

「娘さんの誕生日に、パントマイムの出し物なんて……ちょっと大げさすぎません？」

不思議そうに小首をかしげたサカキバラが訊きました。

「そうなのよ。ワタシも同じことを感じて尋ねてみたの。そしたら、そのお客さんがまじめな顔してこう話してくれたのよ、『実は娘が血液の重い病気で長年入院していたけれど、先週ようやく医者から、このまま順調にいけば三月には退院できそうだと言われたんだ。もし、娘の六歳の誕生日前に退院できたら、退院祝いも兼ねた誕生日会を家でやって、彼女を思いっ切り楽しませてあげたいんだ』と。普段は自分の家族のことなんかまったくしゃべらない人だから、よっぽど考え抜いて話してくれたんだと思うわ」

しきりに頷いていたサカキバラが、ジュンコさんに向かって言いました。

「是非とも、そのお客の願いを叶えてあげてください」

しかしジュンコさんはそれにはこたえず、ただ顔を天井のほうに向けて黙っていました。

私はパントマイムに興味を持って訊きました。

「今見せてくれたの以外に、どんなものができるんですか?」

「色々なことができるわ。風船に、ロープに、階段、他にもいくつもあるけど、一番リクエストが多いのは『嵐の日』ね」

「雨風によるアラシですか?」

「そうよ、そのアラシよ。実際に見ればわかるわ」

ジュンコさんは、カウンターから出てくると、入口の扉の前の何もない空間に立ち止まってこちらに振り向きました。

突然、困った表情になり、頭を両手で守って前かがみになると、まるで強風で体が押されるみたいによろよろ動き出す。足場をなんとか固定して踏みとどまろうとするが、うまくいかない。片腕を伸ばして何か支えになるものを必死になって探すが、なかなか見つからない。全身を押す風の力はますます強くなって、とてもまっすぐに立っていられなくなり、体がゆっくり回転し始める。すると、伸ばした手に偶然ドアのノブがあたり、すぐにそれを強く掴む。ドアを徐々に開けて体をゆっくり滑り込ませて、なんとか脱出することができた。

私とサカキバラは思わず拍手をしてしまいました。たった数分間だったが、それは熱演でした。

ドアを開けて戻ってきたジュンコさんが、

「どうだった？　嵐の雰囲気が伝わったかしら」

「十分に伝わりました。すごい迫力でした」

私が興奮気味にこたえると、ジュンコさんは笑いながら付け加えました。

「ゲイバーでやった時は、ワンピースを着てやるのよ。風の力で裾が徐々にまくれ上がって、最後はワンピースそのものが吹き飛ばされて、下着だけになってしまうの。お客さんはみんな大笑いよ」

「依頼されている娘さんの誕生日に演じる出し物は、決まっているんですか？」

驚きがまだ尾を引いているのか、目が点になっているサカキバラが尋ねました。

「それがまだ決まっていないの。もうすぐ六歳になる少女に喜んでもらえるようなパントマイムって何なのか、まだ模索中なのよ」

その時、サカキバラが思い付いたように言ったのです。

「もしかすると、病院でアレが突然現れたのは、オレたちにジュンコさんを手伝えと言いたかったのかもしれないなあ」

サカキバラの意見に同調した私も言いました。

「何か応援できることなんてあるんでしょうか？」

私たちを見つめ、ジュンコさんは嬉しそうにこたえました。

「もちろん、あるわ。少女の前であなたたちも一緒に演技をするのよ」

私は思いもしなかった提案に、しばらく言葉を失いました。それはサカキバラも同じだったはず。

「パントマイムなんてやったことがありません。無理ですよ」

私は思いきり片手を振って、とてもできないと伝えました。

「誕生日までまだ一ヶ月以上もあるのよ。お店が休みの日曜日にここに来て練習すれば、十分間に合うわ」

「経験のないオレたちに、どんな演技ができます？」

サカキバラは興味を持ったのか、意外とプラス思考なのか、そんな質問をしました。

「そうね……今訊かれてもわかんないわ。もしアンタたちが手伝ってくれるのなら、初心者でもできる簡単なやつを考えとくわ。これはあくまでもボランティアだから、一銭も出ないけど、それでもやる？」

私とサカキバラは顔を見合わせて頷きました。

8

次の日曜日の朝、妻の加代子と娘の梨絵との朝食時に、ある程度のことは話しておこうと決めていました。三人ともそれぞれ仕事を持っているため、一緒に食事をするのはこの曜日の、この時間帯しかなかったからです。

また、加代子には彼女特有のするどい観察力があって、おかしな嘘は通らないと思っています。しかし、事実を話せば、逆に私の頭を心配する可能性があるため、やんわりオブラートに包むことにしました。

「実は今日から、会社の近くにあるカルチャーセンターで、ちょっとした習い事をすることにしたんだ」

私はトーストにバターをぬりながら、何気ないふうに言いました。

「パパが習い事？　珍しーい。日曜日はかならずスポーツジムで半日つぶすくらいしかないと思っていたのに」

梨絵がマグカップを片手に言いました。

「習い事って、何をやるつもりなの？」

加代子が皿に盛ったサラダをフォークでつつきながら訊いてきます。

「変に思うかもしれないけど、パントマイムだよ」

「えっ、嘘でしょ。パパがパントマイムをやるなんてびっくりだわ。どういう心境の変化」

「誰だって、隠し芸の一つや二つ持っていてもいいだろう」

「でも、なんでパントマイムなの？　隠し芸だったら、楽器とかカラオケとかマジックとか、もっと一般的なものがあるのに」

やはりするどい加代子が尋ねてきました。

「パントマイムを習って、誰かに見せるつもりなの？」

「そんなの決まっているじゃないか。まずは家族にだよ」

「本当かしら。あなたって、人のことなんか気にせず我が道を行くタイプなのに、隠し芸だなんて。それに最近どことなく変だわ。人が話してるのに、いつも上の空だし、朝のランニングも休みがちになっている。それこそ何か隠してない」

そこに梨絵までもするどい質問を投げかけてきました。

「そういえば、この頃のパパ、洗面所やトイレで何か捜しものをしているのをよく見かけるけど、あれは何？」

「えーと、それは、虫がいたから捕まえようと思って……」

「やだー、あんなところに虫がいるの」

すると、すかさず加代子が言いました。

「二人とも何言ってるの！　私がきちんと掃除しているのに、虫なんか出てくるわけないじゃない」

「そうそう、ママの言う通り。だからあれはオレの見間違いだった」

私は何とかごまかすようにすぐにそう同調しました。

「早く食事を済ましてちょうだい。歯医者の予約の時間が迫っているから」

加代子のこの一言で、私への追及は終わったようでした。

私はいずれ真実を家族に話さなければいけないと考えていました。たとえ信じてもらえなくても、告白しようと心に決めていました。

(頭がおかしくなったと思われても仕方ない。その時はその時だ)


午前中の約束の時間にお店に着くと、すでにジュンコさんとサカキバラは、カウンターの前に立っていました。椅子はどかしてあって少し広い空間ができていました。壁には大きな姿見まで置いてあります。

その日のジュンコさんの出で立ちはピンク色のセーターに白いズボン。サカキバラはサチコさんの見舞いの時に着ていた、どこかちぐはぐな背広姿。なんだかチンドン屋さんを連想してしまいました。

「二人ともよく来てくれたわね。日曜日の貴重な時間を一銭にもならないことに空けてもらって、本当に申し訳ありません」

ジュンコさんは金髪のショートヘアの頭をうやうやしく下げました。

「あなたたちの役割は、ワタシが勝手に決めさせてもらいました。それは後で発表させてもらうけど、まずは体の訓練から始めるから、ワタシの動きについてきてちょうだい」

ジュンコさんは、セーターを脱ぎ白いシャツ姿になると、体を動かし始めました。別に特別なものではなく、ラジオ体操に毛が生えたようなものでした。

次はなぜか発声訓練。背筋をぴんと伸ばし、体をかがめ、両手を腰において、アイウエオを順番に口を大きく開けてはっきりと発声。これが三回続きました。その次は部屋の中をスローモーションで、ゆっくり時間をかけて歩く動き。ただ歩くのではなく、足を片方ずつ大きく上げて、腕を長く伸ばして、まるで空中遊泳しているみたいな移動。その間、顔は無表情ではなく、喜怒哀楽を表現。壁にある姿見を見て、映った自分の顔をチェック。時には対面してにらめっこの状態で、自分の感情を無言で相手にアピール。この室内移動の訓練は十五分ほど続きました。

ジュンコさんは徐々に動きを止めて、私とサカキバラのほうに体を向けました。

「準備運動はこれぐらいにして、そろそろ役割分担と演技内容を発表するわね」

私は、空中遊泳の感覚を体に残したまま、ぼんやり聞いていました。

「今回は、一番無難なところをねらって『天使と悪魔』にするわ。天使の役がサカキバラさん。そして、悪魔の役が多田さん。ワタシはそれを見守る女神なの」

その時私は、ジュンコさんが何を話しているのか、内容がよくわかりませんでした。それはサカキバラも同様だったと思います。

「つまり、これはワタシたち三人が協力して、少女に見せるパントマイムなの。場面は、少女が住む家の台所。そこのテーブルの上に大きめのデコレーションケーキが置いてある。ケーキの上には彼女の名前と『おたんじょうびおめでとう』と書いたチョコレートの板がのっている。その台所に、悪魔役の多田さんがどこからともなく忍び込んできて、何か食べ物がないか、冷蔵庫の中や棚の引き出しを探し回る。そして、テーブルの上のデコレーションケーキを見つけてしまう。出だしのここまでの場面説明で、何かわからないところがある？」

ジュンコさんは私のほうを見て尋ねました。

「……大体わかりますが、なぜ、私が悪魔役？」

「サカキバラさんに悪役ができると思う？　多田さんには申し訳ないけど、一肌脱いでちょうだい」

「わかりました。言われた通りにします」

私は頷くより仕方がありませんでした。

「場面説明に戻るわよ。ケーキを見つけてしめしめと思った悪魔は、近づいて持ち去ろうとする。そこに、サカキバラさんが演じる天使が登場するのよ」

ジュンコさんはサカキバラのほうに視線を向けました。すると、了解したかのように頭を上下に動かして、例の黄色い歯を見せました。それを見て安心した表情を浮かべ、説明は続きます。

「天使は悪魔の前に立つと、しきりに手を振って『盗んだらダメ』のポーズをする。そして少女がいると思われる方向に指をさして、このケーキは今回の主役である少女のために用意したものだと、身振り手振りで主張する。しかし悪魔は、こんなに大きなケーキは一人で食べきれないから自分が半分食べてあげると、ケーキを切る動作をする。危ないと思った天使はケーキを持って守ろうとしたけど、一瞬早く悪魔が先に取り上げてしまう。そしてついに止めようとした天使とケーキの取り合いになってしまうの。そんなことを続けているうちに結局、ケーキはバラバラに崩れてしまった。怒った悪魔は、手についた白いクリームを天使の顔になすり付ける。さすがに頭にきた天使も、同じようにやり返す。そして、両方とも顔がクリームで真っ白になってしまうのよ。当然ながら、少女の誕生日に用意したバースデーケーキは、跡形もなくなってしまう」

ここで、ジュンコさんは話をやめて、私とサカキバラを交互に見て困った顔でこう言いました。

「せっかくの誕生日ケーキは食べられなくなったけど、どうしたらいいと思う?」

私はクスクス笑いながらこたえた。

「おそらく、そのケーキは本物じゃないんでしょ。少女を驚かせるために作ったニセモノなんだ」

「その通り！　こちらであらかじめ作った生クリームが多めの模造品なの。天使と悪魔ががっかりしているところに、本物のバースデーケーキを持った女神が登場する。それがワタシの役」

ジュンコさんは続けます。

「女神は、ケーキの上に並んだ六本のろうそくに高級そうなライターで火をつけて、ゆっくりと歩いて少女の前に持って行き、初めて、『六歳のお誕生日おめでとう』と優しく声を発する。これで、今回のパントマイムのお芝居はエンディングを迎える」

ひと呼吸置いたジュンコさんは、私とサカキバラのほうに向かって言いました。

「どうかしら。こんな内容で、少女に喜んでもらえると思う？」

私は少し考えてこたえました。

「正直なところよくわかりませんが、私とサカキバラさんの演技が、どれだけ上達するかにかかっていると思います」

サカキバラも珍しく力が入った言葉で続きました。

「少女の笑顔のために、チャレンジするしかない」

9

こうして『天使と悪魔』の演技の稽古は始まりました。

それは毎週日曜日、お店の中で行われ、本番の誕生日の日曜まであと一回を残すのみになった日のことでした。私とサカキバラが、稽古を終えて帰り支度をしていると、ジュンコさんが私たち二人に向かって言いました。

「次の日曜は最後のお稽古になるけれど、出来具合を少女の父親に前もって観てもらおうと思うのよ。どうかしら?」

もちろん私たちは即座に賛成しました。観客は誰もいない狭い空間で、短い期間だったが同じ演技を繰り返し練習してきたのです。このまま本番を迎えるのは、少なからず不安がそれぞれにあったのだと思います。また、少女の現在の様子はどうなのか、ある程度のことは頭に入れておきたいという気持ちもありました。

翌週の日曜日、三人で打ち合わせて、少女の父親が来る二時間前に店に来ていました。本番と同様の衣装と化粧の準備をするためです。

衣装は簡単なものだったが、ジュンコさんが手作業で作ってくれました。悪魔役の私の衣装は、頭には角が生えた黒の頭巾をかぶり、上半身は黒の丸首シャツで下半身は黒のタイツといった黒ずくめの格好。顔にも黒のドーランを塗ります。天使役のサカキバラの衣装は、頭には金色のリングが付いた白の被り物をのせて、首から下は後ろに羽が生えた白いワンピース。だから、すね毛はまる見え。顔の髭はその場で剃って、その上に白いドーランを塗ります。衣装合わせと化粧は、その日が初めてだったので、二人ともお互いを見合って大笑いしながら、なんとか完成させたのです。

女神役のジュンコさんの衣装は、青のブラウスに白のスカートを身に付けた、意外にもシンプルなスタイル。髪の毛は女神らしく黒のロング。

「少女がお客さんだから、派手なオネエの衣装は場違いよね」

おどけた表情で言いました。

約束の時間近くになって、ドアをノックする音がしました。ジュンコさんは、「ドアは開いているから入って来てちょうだい」と大きめの声を掛けました。現れたのは、四十がらみのグレーのスーツを着た男性でした。

「こんなに早い時間に来ると、お店の雰囲気もずいぶん違うね。ああ、申し遅れました。いつもジュンコママにはお世話になっているヤマザキと言います」

ヤマザキと名のる男は、私とサカキバラのほうに向かって頭を下げて、それぞれに名刺を渡しました。広告代理店の社名の下にエリアマネージャー山崎正義と書いてあります。

「大学時代からこの店に通い始めて、もう二十年にもなります。ちょうど、このジュンコママが、この店に来てサチコさんの下で働き始めた頃からなので、ここは僕にとって別荘みたいなものですよ」

山崎さんは肩を上下させて笑いました。がっちりした体型から体育会系であることを感じさせます。

ジュンコさんはカウンターの中に入って言いました。

「山ちゃんに、娘さんに見せるための出し物をチェックしてもらう前に、コーヒーでもいれるから、みんな椅子に座ってちょうだい」

私とサカキバラは、簡単な自己紹介をして椅子に座りました。衣装と化粧はそのままなので、なんとなく妙な気分です。

椅子に座るなり、私はずばり訊いてみることにしました。

「失礼なことをうかがいますが、お嬢さんの体はどんな具合ですか?」

隣に腰を下ろした山崎さんは目を細めて言いました。

「おかげさまで、娘のマリナの容態はいい方向に向かっています。三年間という長い闘病生活でしたが、先月ようやく退院許可がおりました。実は昨日、僕と妻がマリナを病院から自宅へ連れて帰りました。なんとか小学校の入学式にも出席できそうです。頑張ってきた彼女を、親として少しでも励ましてあげたいと思って、ジュンコママに無理なことをお願いしてしまいました」

カウンターの奥から、ジュンコさんの声がしました。

「山ちゃん、何言ってんの。あなたはこの店の大事なお客様なのよ。そのお客様のリクエストを聞いてあげるのは当たり前のことだわ」

「ありがとう、ジュンコママ。マリナもきっと喜んでくれると思うよ」

山崎さんがそう言うと、急に下を向いて唇を強くかむしぐさをしました。私の横にいるサカキバラがそれを見て尋ねました。

「何か心配事でもあるんですか？」

しばらくして顔を上げた山崎さんは、作り笑いのような表情を浮かべました。

「体は快方に向かっているのでありがたいのですが、最近、笑顔がとみに少なくなってしまって……」

ジュンコさんは、カウンターに戻って三人分のコーヒーをいれながら、山崎さんの微妙な変化に気付いたようでした。

「なによ、山ちゃん、深刻そうな顔になっちゃって。マリナちゃんに何かあったの？」

山崎さんはしばらく黙っていました。

「たぶん原因は、マリナより五つ年上の男の子なんです」

ぽつりとつぶやきました。

「その男の子が一体どうしたというの」

「昨年の暮れに、急に亡くなってしまって」

その返答にジュンコさんは言葉につまったようでした。

「彼の名はコウタ君といって、マリナは兄のように慕っていました。彼は元気な子供で、同じ病棟にいる子供たちの人気者でした。得意なのは人の物真似で、有名な役者やタレントだけでなく、身近にいる医師や看護師のしゃべり方やしぐさを真似て、周囲にいるみんなを笑わせるのです。実は僕とも大の仲良しで、見舞いに行くたびに娘の病室にやって来て、新しいネタを披露してくれるんです。そのたびにマリナはもちろん、付き添いの妻まで大笑いしていました」

山崎さんは話を止めて、しばらく黙っていました。

「コウタ君はマリナと一緒に、トランプや色々なゲームなどで遊んでくれ、楽しませてくれました。マリナの病気が良い方向に進んだのは、コウタ君のおかげだと、僕たち夫婦はいつも話していました。彼が娘に生きる力を与えてくれたって。だから、娘があまり笑わなくなった気持ちは、わからないわけでもないんです」

三人分のコーヒーカップを差し出したジュンコさんは静かに言いました。

「ワタシたちに、そのコウタ君みたいな力があるとはとても思えない。なんだか、気が重くなってしまったわ。ここまできて、どうしましょう」

その時、口数が少なかったサカキバラがポロリと漏らしました。

「もしかすると、コウタ君があの世から応援してくれているのかもしれませんよ。マリナちゃんの六歳の誕生日会に一番出たかったのはコウタ君かもしれません。それに、物真似とパントマイムって、どことなく似ていませんか？」

ジュンコさんは頷きながら言いました。

「それもそうね。とにかく、山ちゃんに今回の出し物を見てもらいましょう。やるかやらないかを決めるのは、その後でも遅くはないから」

私とサカキバラは、納得したように力強く頭を縦にふりました。

ジュンコさんも含めた私たち三人は、あることに気づいていました。しかし、山崎さんがいる前で、それを確認し合うことはできませんでした。

コーヒーを飲んでいる間は、山崎さんの独壇場でした。高校大学を通じてラグビーの選手だったこと。ジュンコさんとサチコさんが大学選手権の試合を何回か観に来てくれたこと。また、奥さんとは学生結婚であることなどを陽気に話していました。

そしてコーヒーを飲み終わると、山崎さんが座る椅子だけ残して、人が動くスペースを作りました。

そして、観客が一人だけのショータイムの幕が開きました。

始まりはジュンコさんだけのパントマイム。定番の『目の前のガラス』と『嵐の日』と『見えない風船』。『見えない風船』とは、小さなゴム風船を徐々にふくらましていき、体の大きさにまでなってしまい、最後は誤って針でさして爆発するというものです。

そして次は三人でやるメインの『天使と悪魔』。小道具として用意したケーキはめちゃめちゃになり、天使と悪魔の顔は白いクリームまみれに。ラストに女神が手に持つケーキも今日は当然にせものです。

時間にすると二十分ぐらいの短い演技だったが、山崎さんの反応はとても良かったように感じました。時にはクスクス笑い、時には腹をかかえて爆笑していました、目に涙まで浮かべて。

演技を終えた私たち三人は、かぶり物などの飾りをはずして、壁の姿見を見ながら、ティッシュペーパーとおしぼりで顔に塗ったドーランや汚れを取りました。そして、それぞれが隅にどけてあった椅子を持ってきて腰を下ろしました。

「どうだった、山ちゃん。合格点はもらえるかしら」

ジュンコさんが、わざとおどけたような顔で山崎さんに尋ねました。

「もちろん、百点満点ですよ。このパフォーマンスだったら、観客からお金をもらっても問題ないと思います」

「それはちょっとほめ過ぎよ。ねえ、おふたりさん」

ジュンコさんは笑って、私とサカキバラのほうを見ました。私は正直に言いました。

「大人に受けても、六歳の少女に喜んでもらえるかは、わかりませんけどね」

ジュンコさんは腕を組んで大きくため息をつきます。

「そうなのよ、問題はそこなのよ」

その時、山崎さんが力強くこたえてくれました。

「大丈夫ですよ。さっきサカキバラさんが言ってくださった通り、コウタ君があの世から応援してくれている気がします。失礼な言い方かもしれませんが、皆さんの演技を観ていて、おひとりおひとりにコウタ君が乗り移っているような錯覚をしてしまいました。おそらく、娘のマリナも同じように感じるはずです」

神妙な表情で聞いていたジュンコさんが、私とサカキバラに向かって言いました。

「これで決まりね。二人とも来週の本番は頼むわよ」

私たち三人はこの時、目と目で確認し合いました。妖精のようなモノが現れた理由がわかったと思ったからです。

当日の集合場所も同じお店でした。山崎さんがマイカーで迎えに来てくれることになっていたのです。参加者が、ジュンコさんとサカキバラと私以外にもう一人増えたから。退院してアパートに戻ったサチコさんです。

10

本番の数日前、携帯電話にジュンコさんから連絡が入ってきました。渡した名刺に書いてある電話番号を見てかけたようです。

「次の日曜日、山ちゃんの娘さんの誕生日にパントマイムを見せに行ってくると話したら、自分も山ちゃんの家族に会ってみたいと言い出して、断りきれなくなっちゃって。おかあさん、まだ多田さんのことを亡くなったダンナさんだと思い込んでいたら迷惑をかけると思ったのよ。どうしたらいい？」

「お元気になられて本当に良かった。私はまったく気にしていません。山崎さんも久しぶりにサチコママに会ったら、きっと感激しますよ」

「そう言ってもらえるとありがたいわ。じゃあ、山ちゃんにもおかあさんが参加すると伝えるわね。『ちょっとボケが入っているから、訳のわからないことを話し出すかもしれないけど、気にしないで』とも言っとくわ。当日は、山ちゃんにおかあさんのアパートまで迎えに行ってくれるように頼むつもり。足が悪いのに、この店まで来てもらうのは、かわいそうだもの」


本番当日の日曜日、三月の半ば過ぎでぽかぽか陽気でした。

その日も、お店に入るとジュンコさんとサカキバラが椅子に座っていました。ジュンコさんの装いは、上がブルーの長袖のポロシャツ、下が黒のズボンという比較的おとなしいものでした。しかし、サカキバラの見た目は、明らかにこれまでのものとは違っていました。髭は以前も剃ってあったが、ボサボサだった髪は短くカットしてきれいに七三分けにしていました。身なりも上は白のシャツに水色のブルゾン、下がこげ茶色のパンツといった具合。

「驚いたでしょう。先週お稽古が終わった後、散髪とデパートに連れて行って、ワタシがコーディネートしてあげたの。人様のお宅にお邪魔するのにあの恰好じゃまずいでしょ。もちろん費用はこっちもちよ」

サカキバラは頭をかきながら言います。

「ジュンコさんと出会ってから、少しは生活を変えないといけないと思い始めて、先月から段ボール箱住まいからホームレス用の簡易宿泊施設に移ったよ。日雇いの仕事も始めた」

「うれしいこと言ってくれるわね。少しはこんな水商売の中年オンナでも、地域に貢献してるってことかしら」

「さっきジュンコさんに、今日、元気になったサチコさんが来るって聞いたよ。また、アンタを死んだダンナと思い込んですり寄って来るかもしれない。オレがまいた種だけど、その時はどうするんだ?」

「今さら人違いですと言って、サチコさんを悲しませるわけにはいきませんよ。亡くなったご主人のふりをするしかないと思っています」

「心配しなくても大丈夫。ワタシが、おかあさんをあなたに近づかないように気を付けているから」

そんなやりとりをしているところに、山崎さんが到着した。四人は協力し合って、衣装や小道具類を車のトランクに積み込みました。そして、サチコさんのアパートに向かいました。


ジュンコさんの付き添いで部屋から出て来たサチコさんを、男三人はそわそわしながら直立不動の姿勢で迎えました。

サチコさんが一番に視線を送ったのは山崎さんでした。杖をついてゆっくり近づいて行きました。

「山ちゃん、本当に久しぶり。お店をやめたら急に老け込んじゃって、こんなお婆さんになっちゃった。今日は無理言っちゃって、ごめんなさいね」

山崎さんは首を振って言いました。

「サチコママは今も十分チャーミングですよ。娘の誕生日に来てもらえるなんて、光栄です」

次に顔を向けたのは、山崎さんの横にいた私ではなく、サカキバラのほうでした。

「あなた、もしかしてサカキバラさん？　こんなにオシャレになっちゃって、まるで別人みたい」

サチコさんの隣にいたジュンコさんが、にっこり笑いました。

「ワタシが大改造してあげたのよ。もうホームレスも卒業したみたい」

サカキバラは頭をかきながら、相変わらずの黄色い歯を見せました。

サチコさんはそのまま車の助手席に向かい、ジュンコさんにドアを開けてもらって中に入ろうとしました。その時、ふっと動きを止めて私のほうを見たのです。しばらく、じっと見つめて目を細め、ゆっくりお辞儀をしました。目がうるんでいるように見えました。

サチコさんが助手席に座ったのを確認すると、後部座席にはジュンコさんを真ん中にして私とサカキバラが両脇に座りました。そして、車は山崎さんのマイホームに向かってスタートしました。

高速道路に入ってしばらくすると、ジュンコさんが私の耳元で小さくささやきました。

「さっきアパートの部屋でおかあさんに言ったのよ『ダンナさんに会っても気軽に声を掛けちゃだめよ。今日は大事なお仕事があるんだから』って」

そして、濃いアイシャドーの目でウィンクしました。

運転席の山崎さんは大きな声で、サチコさんと昔話に花を咲かせていました。サチコさんは笑いながら相槌をうっています。天気も良く周囲の景色は光で輝いていて、快適な気分を味わえました。

高速道路をおりて、一般道を三十分ほど走った郊外の新興住宅地に目的の家はありました。

「小さい家ですが、ここが我が家です」

車を止めた山崎さんは、後ろを振り向いて言いました。

山崎さんの自宅に着いてからの段取りは、一週間前初めて会った日に、前もって打ち合わせてありました。

　マリナちゃんの六歳の誕生日会は、もともとは家族三人だけでこじんまりやる予定でした。だから、今回行うパフォーマンスは、彼女を喜ばせるためにサプライズなプレゼントをしたいという山崎さんのたっての願いから生まれたものでしたから、本人には内緒にしておく必要がありました。

「今、マリナは車いすに乗って、家内と一緒に近くの公園かショッピングモールに出かけて一時間ほど帰ってきません。その間に、出し物準備とか場所の設営をやりたいと思います。サチコママは応接間でテレビでも観て待っててください。時間が来たらお呼びします」

　山崎さんは言い終わると、車を家の前にある駐車場に移動した。そして、車からおりた私たち四人は、山崎さんに先導されて家の中に入りました。

　ジュンコさんとサカキバラと私は、衣装を身に付けたり化粧をするための部屋に案内されました。いったんそこに衣装や化粧品類を置くと、次に誕生日会の会場となるリビングルームに行きました。そこで協力し合って簡単な設営に取り掛かりました。

テーブルと椅子は入口のほうに移動して、大人三人が自由に動けるスペースをつくります。窓はカーテンを閉めたり、紙を貼ったりして日光が射し込まないようにしました。

『天使と悪魔』の寸劇に使うダミーのケーキは、山崎さんの奥さんが作ってくれていて、本物の誕生日祝い用のケーキと一緒に、リビングルームの冷蔵庫に入っていました。間違わないように、ダミーのほうは本物の倍の大きさ。でも両方に、『マリナちゃん、誕生日おめでとう』と書いた、こげ茶色のチョコレートの板と六本のろうそくはのっていました。

会場の設営と確認が終わると、三人は別室に移動し、衣装や飾りを身に付けて化粧に取り掛かりました。

そして、すべての準備が整いしばらくした頃、山崎さんが部屋に入ってきました。

「マリナと家内が帰ってきたようです。スタンバイをお願いします」

私たち三人は気づかれないように、そっと窓から外を見ました。黄色のパーカーを着た小柄な女性が笑いながら、車椅子の少女に話しかけている光景が目に入ってきました。少女はベージュ色のニット帽をかぶり、有名なアニメの主人公がプリントされた白のスウェットを着ています。表情までは帽子の影に隠れてよくわかりません。家の門まで来ると、少女は母親に助けてもらって車椅子から立ち上がり、ゆっくりした足取りで玄関に向かいました。

私たち三人もリビングルームの脇にある狭い空間に移動しました。そこの隙間からは、部屋のほとんどが見渡せました。入口には椅子が四つ並んで置いてあり、一番端に山崎さんが、その隣にサチコさんが座っていました。日中にもかかわらず蛍光灯が明々とついています。

「ママ、パパはどこ?」

廊下のほうからマリナちゃんだと思われる少女の声がしました。

「ここにいるよ」

山崎さんが席を立つと同時に、入口に一人の少女が現れました。着ているものはさっき見たのと同じだが、帽子は脱いでいました。彼女を目にした時、一瞬ドキッとしました。髪の毛と眉毛はありません。顔が青白く、腕もやせ細り、全体的に弱々しい感じがします。長い闘病生活の過酷な一面を垣間見た気がしました。

「今まで黙っていたけど、これからマリナの誕生日祝いをやるんだよ。その前に、パパと仲良しのおばあちゃんを紹介するね、サチコさんっていうんだ」

サチコさんは杖をついて立ち上がると、笑みを浮かべて、

「サチコばあさんです。今日はよろしくね。それにしても、お嬢ちゃんも元気になって、よかったよかった」

と言うと、優しくマリナちゃんの頭をなでました。そこへ、先ほどの小柄な女性が来ました。白のカーディガンに着替えています。

「山崎の家内のヨシエです。こんな遠くまで、娘の誕生日のためにわざわざ来ていただいて、本当にありがとうございます」

「あいさつはこのぐらいにして、話は後でいくらでもできるから。さあ、みんな座って。マリナが六歳になったのを祝う誕生日会を始めるよ」

四人が椅子に座りました。予定通り、左から、山崎さん、サチコさん、マリナちゃ

ん、ヨシエさんといった位置です。山崎さんが右手を上げてＯＫサインをつくりました。

　隣で息をひそめていたジュンコさんが、私とサカキバラのほうに向かって小さくつぶやきました。

「マリナちゃんのためのショータイムを始めるわよ。二人ともがんばって」

　こうして幕が上がりました。


　ジュンコさんの演技はいつもより力が入っているように感じます。体の動きも一層機敏になっていて、観客の反応も少女を除いて上々でした。

　パントマイムの『嵐の日』と『見えない風船』の時は、会場は笑い声でいっぱいになり、山崎さんはもちろん、サチコさんもヨシエさんも相好をくずしていました。しかし、マリナちゃんの表情は、もう一つだったのです。

　ジュンコさんは、私とサカキバラが控えている場所に戻って来るなり、息をはずませながら漏らしました。

「ワタシの芸って……やっぱり子供には受けないのかしら。がっかりだわ」

しばらく息を整えてから付け加えました。

「あとは、アンタたちに任せるしかないわね」

その時でした。会場のほうから少女の大きな声がしたのです。

「ありがとう！　見つけてくれて」

びっくりした私たち三人は、何が起きたのか様子を見ようと隙間からのぞきました。

サチコさんが、隣にいるマリナちゃんと母親に、何か白い紙切れみたいなものを見せています。それを見た山崎さんも、驚いた顔で言いました。

「一体これをどこで見つけました？　マリナも私たち夫婦も、家中さんざん探したのに見つからなくて……」

サチコさんは戸惑った表情をしています。

「さっき応接間のソファーに座って隙間に入れた指に、たまたまこれが触って……。そんな大事なものだとは知らずに、ごめんなさいね」

「いえいえ、怒ってなどおりません。逆に、サチコママに感謝しているんです。これは、マリナの大事な宝物なんです」

「そんな大事なものだったのね。マリナちゃんがかわいく写っている写真だわ。はい、マリナちゃん」

細い指でそれを掴んだ少女は、食い入るように見つめて、大粒の涙をぽろぽろ落とし始めました。山崎さん夫婦も立ったまま、泣いているように見えます。サチコさんは「よかった、よかった」とただ繰り返して頷いています。私たち三人はぼうぜんとその光景を見ているだけでした。

気を取り直した様子の山崎さんは目をパチパチさせながら、サチコさんに向かって言いました。

「この写真のマリナの隣にいるのは、病院でマリナの一番の友達だったコウタ君っていう年上の男の子なんです。去年のクリスマスイブの夜、彼がマリナの病室に来て、二人でカラオケ機能の付いたマイクで何曲かうたったそうです。その様子を彼が自撮りで一枚だけ撮ってくれたと言っています。子供用のインスタントカメラでしたから、フイルムなんかはなくて……」

「また撮り直せば……」

サチコさんは小さな声で不思議そうに言いました。

「もう撮り直しはできないんです。コウタ君はその三日後、突然天国へ旅立ってしまいました」

「……そうだったの」

サチコさんは神妙な面持ちになりました。

「今年の一月、マリナの退院の目途がついて、一時的に自宅へ戻ってバタバタしている時に、どこかで失くしたみたいで……。それをサチコママがようやく見つけてくれました」

山崎さんはマリナちゃんのほうに目を向けました。

マリナちゃんは写真を大事そうに胸に抱きかかえていました。もしかしたら、彼女に元気がなかったのは、この写真の紛失が原因だったのかもしれません。

隣にいる母親のヨシエさんが心配そうに言いました。

「せっかくの誕生日会が中断しちゃって……どうしましょう」

山崎さんはマリナちゃんに尋ねました。

「誕生日会をこのまま続けるかい？」

マリナちゃんは今までより元気に大きく頷きました。それを見た山崎さんは、ヨシエさんに小さな声で「アレを用意して」と言いました。頷いたヨシエさんは、冷蔵庫から大きいほうのケーキを取り出して、テーブルの上に置きました。そして山崎さんが、ふたたび右手を上げてＯＫサインを作りました。

私たち三人は顔を見合わせました。なんだか円陣を組んで、これから戦いに向かう心境です。

ジュンコさんが静かに言いました。

「今度こそ、コウタ君が応援してくれるような気がするわ。この一ヶ月の努力の成果を見せてちょうだい」

こうして私とサカキバラの『天使と悪魔』のパントマイムは始まりました。

リビングルームに悪魔が突然現れて、きょろきょろ何かを探し始める場面から、マリナちゃんの熱心な視線を感じました。天使が出てきて、ケーキのことで悪魔ともめるシーンになると、満面に笑みがこぼれ、奪い合いになると、お腹を抱えて笑い、天使と悪魔の顔がケーキまみれになるシーンでは、目に涙を浮かべて笑ってくれました。

私は役を演じながら感じていました。

（この世の中で、子供の笑顔ほど貴いものはないな）

女神が登場して、本物のケーキをテーブルの上に置くラストシーンは、マリナちゃんが笑顔で手をたたいてくれました。それに促されたように、山崎さんもサチコさんもヨシエさんも大きな拍手をしてくれました。

演技を終えて控えの場所に戻ると、ジュンコさんが言いました。

「うまくいったみたいね。アンタたちのおかげよ」

そして、私とサカキバラに向かって唇を突き出して、キスをするしぐさをしたのでした。

山崎さんも三人のところにやって来ました。

「マリナが喜ぶ顔を久しぶりに見ました。大成功です。本当にありがとうございました」

目が涙で光っているのがわかりました。

私たちは着替えのある部屋に戻り、化粧をおとし、普段着に着替えました。食事会の準備が整い次第、リビングルームに戻る予定になっていたからです。しかし山崎さんが、今度は困った顔をして部屋に入ってきました。

「サチコママが疲れたから帰りたいと言い出していて……。どうしたらいいでしょう」

「それは無理もないと思うわ。おかあさんがこれだけ長時間外出したのって久しぶりだもの。食事会は家族だけでいいじゃない。そのほうがマリナちゃんは落ち着いてケーキを食べられるわ。ね、そうでしょ」

ジュンコさんは私とサカキバラを見ました。私はすぐに首を縦に振りました。

「マリナちゃんも、こんなおっさんやおばさんと話しても楽しくないでしょう」

サカキバラも苦笑いを浮かべて同じように頷きました。

「それじゃあ、車を準備しますので、サチコママをよろしくお願いします」

私たち三人は持ってきた荷物を確認して、帰り支度を始めました。その時、サカキバラがぽつりと漏らしました。

「今回、アレ、現れませんでしたね」

「アンタに言われて、今、気が付いたわ。どうしたのかしら……」

「おそらく出番がないほど、マリナちゃんの誕生会がうまくいったからかもしれませんね」

私は咄嗟に思いついて口にしました。


帰りの高速道路もすいていて、ドライブは快適でした。夕暮れにはまだ時間がありましたが、遠い空の雲はほのかにオレンジ色に染まりかけています。地平線には超高層のビル群が見えました。

後部座席のジュンコさんと私とサカキバラは、呆けたようにぼんやりと流れる景色を見ていました。

運転している山崎さんが、助手席のサチコさんに尋ねました。

「それにしても、あんなところに挟まった写真に、よく気が付きましたね」

サチコさんは入れ歯の調子が悪いのか、口をもぐもぐさせながらこたえました。

「本当のことを言うとね、急に目の前に妖精のようなモノが現れて教えてくれたのよ」

「ヨウセイって……あの妖精ですか？」

「そう、その妖精。男の顔なんだけどね」

「へー、男の顔の妖精ですか。……なんか笑っちゃいますよね」

「そうなの。私のほうを見て、ニッコリ笑うのよ。その妖精が指をさして教えてくれたの」

「なるほどね。でもさすがにそれは夢の中の出来事ですよね」

「そうね、言われてみれば、夢だったのかもしれないね」

そして、しばらく沈黙が続きました。サチコさんが眠りについたようでした。

五人を乗せた車は、音もなく街の上を地平線に向かって走っています。まるで、この世ではない別の世界にいる気分でした。

その時私は、心の中に何か熱いものが流れているのを感じました。人と人とは、死者をふくめて不思議な力によってつながる時があるのかも……。

そして、妖精のようなモノにまつわる今日までの体験を、妻と娘に包み隠さず話したいと強く思いました。

私の家族なら、きっとわかってくれると思っています。なぜなら、すでにちゃんとした「つ・な・が・り」があるのですから……。


（了）

著者プロフィール
くぼ こうじ
昭和 29 年生まれ
福井県出身
早稲田大学教育学部国語国文学科卒業
愛知県在住

つ・な・が・り

2025年 4 月15日　初版第 1 刷発行

著　者　くぼ こうじ
発行者　瓜谷 綱延
発行所　株式会社文芸社
〒 160-0022　東京都新宿区新宿 1－10－1
電話　03-5369-3060（代表）
03-5369-2299（販売）

印刷所　株式会社暁印刷

ISBN978-4-286-26361-8